Maria

www.loqueleo.com/es

2018, Santillana Infantil y Juvenil, S. L.
Avenida de los Artesanos, 6. 28760 Tres Cantos (Madrid)
Teléfono: 91 744 90 60

ISBN: 978-84-9122-011-4
Depósito legal: M-37.540-2015
Printed in Spain - Impreso en España

Tercera edición: julio de 2018
Más de 6 ediciones publicadas en Santillana

Directora de la colección:
Maite Malagón
Editora ejecutiva:
Yolanda Caja
Dirección de arte:
José Crespo y Rosa Marín
Proyecto gráfico:
Marisol del Burgo, Rubén Chumillas, Julia Ortega y Álvaro Recuenco

Un buen rato con cada plato

Rafael Ordóñez

Ilustraciones de Susana Fernández Igual

loqueleo

LECHE

Si te levantas temprano,
en invierno o en verano,
desayuno natural
para estar fenomenal.

Son redondas y cuadradas,
y, a veces, hasta alargadas.

O tienen formas curiosas,
y alguna es muy graciosa:

De dinosaurio o de pez.
¿Te lo repito otra vez?

También pueden ser rellenas,
dicen que así están más buenas.

De chocolate o limón,
de nata o de turrón.

Dulces son la mayoría,
pregúntaselo a tu tía.

Aunque algunas tienen sal,
saben fenomenal.

Nunca cojas una sola,
cuatro o cinco es lo que mola.

Si las comes sin cuidado,
caen migas por todos lados.

Al morderlas son crujientes,
hacen ruido entre los dientes.

Si en la leche tú las mojas,
tiemblan y se quedan flojas.

Hay un monstruo que devora
muchas de estas a la hora.

En un lío no te metas
y di que son las galletas.

Vienen siempre en una caja,
que si la abres mal se raja.

Casi siempre son crujientes,
al morderlos tú lo sientes.

Aportan mucha energía,
para aguantar bien el día.

En un cuenco o en un tazón,
hay que echar un buen montón.

Después en leche se bañan
o con yogur se acompañan.

Y por fin, a cucharadas,
los comes como si nada.

Muchas veces son de trigo,
que te lo diga tu amigo.

Cuando tu hambre es atroz,
puedes comerlos de arroz.

De maíz y hasta de avena,
gustan al nene y la nena.

Tienen nombres muy curiosos,
son raros y son graciosos.

Esto no es un disparate,
también hay de chocolate.

E incluso de caramelo,
que gustan hasta al abuelo.

Frutos secos traen a veces:
avellanas, pasas, nueces…

Los chicos fenomenales
desayunan cereales.

Son como un suave bollo,
son blanditas, ¡vaya chollo!

Si quieres desayunar,
tendrás que comerte un par.

Siempre van sobre un papel
que parece que es su piel.

Tienen más cosas curiosas
pues son dulces y esponjosas.

De verdad que no te miento,
alguna tiene algo dentro.

Como fresa o chocolate,
no hay ninguna de tomate.

Otra cosa sorprendente
es que son muy absorbentes.

Su receta es muy sencilla:
levadura, mantequilla...

Azúcar, huevos y harina;
todo en una masa fina.

La corteza de un limón
aroma le da un montón.

Luego en el horno se meten
y suben como un cohete.

A sus primos "aplastaos"
los conocen por "sobaos".

Su nombre, parece ser,
es el de una mujer.

Pues claro que están muy buenas,
porque son las magdalenas

Un alimento muy sano
en invierno y en verano.

Las hay grandes, las hay chicas,
y todas están muy ricas.

Alguna va bien con nata,
otras salen de una lata.

Se encuentran en muchos lados:
yogures, tartas, helados...

Otro dato, adivina:
tienen muchas vitaminas.

Las frambuesas y las fresas
gustan hasta a las princesas.

Muy jugoso es el melón
y a veces va con jamón.

En verano, la sandía,
mucho mejor si está fría.

Y la naranja brillante
es bastante refrescante.

También están el limón,
el kiwi, el melocotón...

La pera y la mandarina
y la paraguaya fina.

Gusta mucho la manzana,
lo mismo que la banana.

Y la piña tropical
es un postre excepcional.

Todo el mundo lo disfruta,
está muy claro, es la fruta

Es tu primer alimento,
de verdad, que no te miento.

Un líquido delicioso,
nutritivo y nada soso.

Su color siempre es igual,
un blanco fenomenal.

Ahora sale de la vaca
si es que no está muy flaca.

Con cacao mola un pegote,
hasta te tiñe el bigote.

Si al café la vas a echar,
su color verás cambiar.

Si está fría o muy caliente,
lo notarás en tus dientes.

Cuando hay cerca algún bebé
en su biberón la ves.

A veces está condensada,
espesa y azucarada.

Quien la toma desnatada
sabe que de grasa nada.

La venden en tetrabrik,
que es fácil de abrir.

Con arroz y con canela,
hará un buen postre la abuela.

También se puede hacer queso,
si está bueno sabe a beso.

Alguno habrá que te eche
si no dices que es la Leche.

Muy bueno es tu desayuno
si tomas al menos uno.

Para servirlo, hazme caso,
échalo siempre en un vaso.

El de naranja es famoso
y es que sabe delicioso.

Si lo quieres conseguir,
dos o tres hay que exprimir.

Puede ser de cualquier fruta,
sea grande o diminuta.

De uva, piña o melón,
manzana o melocotón.

Y no es ningún disparate
tomar uno de tomate.

Pues sabe fenomenal
con pimienta y con sal.

Para hacerlo a cualquier hora
puedes usar licuadora.

También se vende envasado,
en un brik o embotellado.

Cuando al cole te lo lleves,
con pajita te lo bebes.

Hasta los gordos del sumo
siempre beben mucho ZUMO

Cuando llega el mediodía
suele haber más alegría
porque una buena comida
puede ser muy divertida.

Casi siempre está caliente,
el que no sopla lo siente.

Si no usas la cuchara,
harás una cosa rara.

La sirven siempre en un plato,
que es mejor que en un zapato.

Apúntalo en tu cuaderno,
gusta más en el invierno.

Se hace en una cacerola,
que nunca hay que dejar sola.

Porque una y otra vez
la tendrás que remover.

Y es que poner algo al fuego
desde luego no es un juego.

Es de cebolla o de pollo,
de cocido o de repollo.

Aunque te parezca feo,
algunas tienen fideos.

De verduras es muy sana,
hay quien la llama Juliana.

También se hace de pescado,
si es que no está muy salado.

Puede incluso tener letras
desde la A hasta la Z.

Ten cuidado con tu ropa
pues puedes mancharte de Sopa

Como es comida de viejas,
o las comes o las dejas.

Para prepararlas: ¡ojo!,
hay que echarlas a remojo.

Porque si se quedan duras
las tiran a la basura.

Con chorizo o con jamón,
también gustan un montón.

Suelen ser bastante oscuras
a cualquier temperatura.

Te voy a dar aún más señas,
siempre siempre son pequeñas.

Son redondas y aplanadas
aunque parezcan pesadas.

Tomándolas al mediodía
producen mucha energía.

Para comerlas, prepara
sobre todo una cuchara.

También una servilleta
que quede al cuello sujeta.

Quien diga esto no miente:
el garbanzo es su pariente.

Nadie está como un cencerro
si dice que tienen hierro.

También se pueden comer
trituradas en puré.

Vas a tener muchas quejas
si no dices las lentejas

Te lo comes en varitas
siempre y cuando estén bien fritas.

Te voy a dar otro dato,
le gusta mucho a los gatos.

Lo traen de todos los mares
igual que los calamares.

Aunque yo también me fío,
no te hagas mucho lío...

Si lo han traído de un río,
pues también lo hay de río.

Recetas tiene un montón,
crudo se come en Japón.

Seguro que lo has probado
o fresco o congelado.

También hay alguno ahumado
y otros cuantos enlatados.

Puede ser de muchas formas
porque no hay ninguna norma.

Trucha, rape, boquerón,
jurel, caballa o salmón...

Delicioso está el besugo
en el horno o en su jugo.

Aunque sea una sardina,
cuidado con las espinas.

Hay una sopa famosa
que siempre está deliciosa.

¿Ya lo has adivinado?
Pues dilo, es el pescado

Se parecen a un filete
y saben de rechupete.

Para comprarlas yo iría
siempre a una carnicería.

También las hay de cordero,
pero cuestan más dinero.

Si las haces a la plancha,
la cocina no se mancha.

Puedes usar la parrilla
igual que con las costillas.

No te eches a reír,
pero se pueden freír.

Las sujetarás mejor
si usas un tenedor.

Cortarlas con un cuchillo
es muy práctico y sencillo.

Ten cuidado con el hueso
pues es muy duro y muy tieso.

Con sal mejora la cosa
porque si no queda sosa.

Si tienen un poco de ajo,
su sabor también es majo.

Pueden saber exquisitas
con unas patatas fritas.

También habrán mejorado
con un buen pimiento asado.

No, no son croquetas,
son del cerdo las chuletas

Suele prepararse asado.
¿A ti te gusta tostado?

Los pinchan, si no se sueltan,
y los ponen a dar vueltas.

Juntos en el asador
van cambiando de color.

Y lo sirven con patatas,
que son ricas y baratas.

Si le quitan las alitas,
siempre las preparan fritas.

Si lo hacen al ajillo,
notarás un picorcillo.

Y si lo guisa la abuela,
lo prepara en la cazuela.

O también en pepitoria,
salsita de zanahoria.

Dicen que es fenomenal
si está criado en corral.

Quien come solo pechuga
suele hacerlo con lechuga.

De pequeño, cuando es nuevo,
es que ha salido de un huevo.

Es de una familia fina
pues su madre es la gallina.

Y tampoco me lo callo:
cuando crece se hace gallo.

Venga, venga, vaya chollo,
dilo ya, esto es un pollo

Como postre es excelente
porque hay muchos diferentes.

Su principal ingrediente
siempre es la leche reciente.

Comerlo con cucharilla
es la forma más sencilla.

Un envase original
es un tarro de cristal.

Aunque es mucho más práctico
un vasito que es de plástico.

De todos, el más normal
suele ser el natural.

Seguro que ya has probado
el que está azucarado.

También los hay de sabores
con diferentes colores.

Los hay con fruta cortada
o incluso hasta triturada.

A todo el mundo le agrada
el que tiene mermelada.

Como el griego es muy cremoso,
lo encontrarás delicioso.

Líquido tiene que ser
si te lo quieres beber.

¿Lo has adivinado tú?
Pues claro, es el yogur

Es un postre agradable,
muy rico y muy saludable.

Si alguien lo quiere hacer,
leche tendrá que coger.

Y luego unos cuantos huevos,
que sean frescos o nuevos.

Azúcar y agua un poquito
y calentar despacito.

De verdad, que no estás lelo,
así se hace el caramelo.

Todo junto, bien batido,
en el horno lo han metido.

Hecho lo puedes comprar,
tendrás que llevarte un par.

También lo hay de vainilla
y sabe de maravilla.

Muy famoso es el chino,
por exótico y por fino.

Se toma mucho con nata
y con melocotón de lata.

Antes que nadie lo pruebe
si lo meneas se mueve.

Su color siempre es dorado,
negro donde se ha quemado.

Sus primas son las natillas,
aunque parecen papillas.

No te lo comas con pan
porque esto es un flan

Feliz Cumple
ZUMO
ZUMO

La mejor idea es esta:
pasar la tarde en una fiesta.
así siempre la merienda
te resultará estupenda.

Esta idea es estupenda
para una buena merienda.

Si lo quieres preparar,
buen pan tendrás que comprar.

Con chapata o con *baguette*
también sabe a rechupete.

Pan arriba, pan abajo,
y en el medio algo majo.

A mordiscos o a bocados
en un rato has terminado.

Si tú quieres, aunque llueva,
a cualquier parte lo llevas.

Está rico el de jamón,
también el de salchichón.

Una forma muy sencilla
es hacerlo de tortilla.

Cuando usas pan muy blando
sándwich estás preparando.

De mortadela o de lomo,
te lo comes, me lo como.

El que es de calamares
lo sirven mucho en los bares.

Si es de jamón y es de queso,
es un mixto, ¿no es eso?

Si le untas mantequilla,
su sabor te maravilla.

Se te hinchan los carrillos
si comes un bocadillo

Es muy dulce, delicioso,
gusta mucho a los golosos.

Con azúcar y cacao
está siempre "elaborao".

Su color siempre es oscuro,
mucho más cuanto más puro.

Hay uno que es especial,
es blanco como la sal.

Si lo comes sin cuidado,
te manchas por cualquier lado.

Se funde si se calienta
siempre de una forma lenta.

Alguno, al desayunar,
con churros lo va a tomar.

Para abuelas, para nietas,
lo venden siempre en tabletas.

Lo utilizan a montones
para fabricar bombones.

Con leche, cualquiera sabe
que su sabor es suave.

Con almendras en trocitos
también sabe exquisito.

De merienda te lo dan
con un pedazo de pan.

Un bollo estará más bueno
si lo lleva de relleno.

Claro que no es un tomate
porque es el chocolate

Una bebida estupenda
para una buena merienda.

Si aprieta mucho el calor,
es cuando sabe mejor.

Normalmente va en botella
aunque sea de grosella.

Esto no es ninguna broma,
en lata también se toma.

Puede ser una ventaja
bebértelo con una paja.

Cuidado debes tener
con el ruido al sorber.

Parece cosa de brujas:
los hay con y sin burbujas.

Te lo sirven en el cine
en un vaso de alucine.

También se vende un montón
el que se hace de limón.

Todos los que son de cola
tienen un sabor que mola.

Si quieres dormir mejor,
sin cafeína, por favor.

Fresco, fresco, más que fresco,
esto es un refresco

Si hay algo que celebrar,
siempre se suele comprar.

La encontrarás deliciosa
si eres goloso o golosa.

Aunque alguien te la esconda
casi siempre es redonda.

Cuando la sacan del horno
con nata le hacen adornos.

Y también, algunas veces,
ponen piñones y nueces.

De chocolate o limón,
sabores tiene un montón.

También puede ser de fresa
o de almendra o de frambuesa.

Es muy famosa y muy sana
la que hacen de manzana.

El verano es temporada
para comérsela helada.

Si es de boda, te lo aviso,
tiene seis o siete pisos.

Cuando es de cumpleaños
hay una vela por año.

Si las soplas te dan suerte
y los demás se divierten.

A la cara, en algún caso,
se la tiran los payasos.

Si estás muy harto o muy harta,
no sigas comiendo tarta

De un puesto o una tienda
puede ser buena merienda.

Si lo quieres disfrutar,
muy frío tendrá que estar.

Dentro del congelador
lo guardas mucho mejor.

Sabores tiene un montón,
aunque no llega al millón.

Te lo comes con la mano,
sobre todo en el verano.

Pero debes darte prisa
o se deshace, ¡qué risa!

Tiene formas muy variadas:
redondas y alargadas.

Hay a quien le gusta mucho
comerlo en un cucurucho.

Tampoco es nada malo
sujetarlo por el palo.

Y no veas cómo mola
comerse una o dos bolas.

También hay quien lo sujeta
dentro de dos galletas.

El *flash* es el más barato
y puedes pasar un buen rato.

Si no usas la cuchara,
puedes mancharte la cara.

¿Ya lo has adivinado?
Pues claro, es el helado

KETCHUP

Y por la noche, escucha:
la **cena** que no sea mucha,
para que, si eres pequeño,
puedas coger bien el sueño.

Esta comida es ligera
en verano y primavera.

El que quiera adelgazar
de esto se tendrá que hartar.

Lleva varios ingredientes,
aunque nunca llega a veinte.

Lechuga fresca y lavada
con sus hojas bien cortadas.

También es muy refrescante
cebolla poco picante.

De verdad que no te miento,
a veces lleva pimiento.

Si le echan aceitunas,
siempre ponen más de una.

La zanahoria rallada
casi no se nota nada.

Aunque sea poco fino
también le ponen pepino.

Y le pueden añadir
patata, huevo o maíz.

Y si le añades tomate,
siempre será un buen remate.

Si la quieres aliñar,
aceite tendrás que echar.

Vinagre y un poco de sal
tampoco le vienen mal.

Cómo que no sabe a nada,
pero si es la ensalada

Seguro que están muy buenas
si las tomas en la cena.

Son finas, son alargadas,
parecen hasta delgadas.

Las compras en un paquete
que a veces trae hasta siete.

Se preparan enseguida
pues son de carne cocida.

En sartén o microondas
o en una cazuela honda.

Dentro de un panecillo
parecen un bocadillo.

Y te diría otra cosa:
las de Frankfurt son famosas.

Ahora las hay de colores
y diferentes sabores.

De pollo, pavo o de cerdo.
¿De algo más? Pues no me acuerdo.

Siempre están, es evidente,
en un perrito caliente.

Que te lo diga tu prima,
echan kétchup por encima.

Y también, si hay en la mesa,
mostaza o mayonesa.

A su primo, el grandullón,
le llaman el salchichón.

¿Quieres comer mucha chicha?
Empieza por las salchichas

Para cenar es genial
pues sabe fenomenal.

Es francesa o española
o paisana, ¿a que mola?

Su ingrediente principal
es el huevo natural.

Si la haces de patata,
sale siempre muy barata.

Puede ser un gran invento
añadirle algún pimiento.

Y te diré otra cosilla,
siempre siempre es amarilla.

Si la quieres preparar,
huevos tendrás que cascar.

Después batirlos un rato,
no se te olvide este dato.

Mucho mejor nos sabrá
con un poquito de sal.

Para que salga muy bien
hay que usar una sartén.

Si quieres que quede suelta,
habrá que darle la vuelta.

También está deliciosa
con gambas color de rosa.

Si al campo vas a comer,
seguro que es un placer.

Maravillosa y sencilla
es una buena tortilla

Como es un buen fiambre
te quita muy bien el hambre.

Para comprarlo, primero,
vete a ver al charcutero.

Que en lonchitas te lo corte,
no creo que a él le importe.

También es muy conocido
si pides jamón cocido.

Tiene un primo que es muy sano
que se apellida serrano.

Voy a decirte otra cosa,
su color siempre es el rosa.

Si alguien se pone a dieta,
come esto, no panceta.

Tanto chicas como chicos
saben que está siempre rico.

Con esto es muy sencillo
prepararse un bocadillo.

En un sándwich conocido
va junto a queso fundido.

También va como ingrediente
en una pizza caliente.

Los niños, si son chiquitos,
lo comen a pedacitos.

De Menorca a Nueva York
conocen el jamón york

Es redonda y aplastada,
se hace con carne picada.

Aunque también la hay de pollo
o de pescado, ¡qué chollo!

Si está hecha a la parrilla,
te sabrá de maravilla.

Va dentro de un panecillo
con lechuga y pepinillo.

Y sabe fenomenal
con tomate natural.

A la hora de la cena,
con queso también está buena.

Si te gusta su sabor,
con kétchup está mejor.

La mostaza, si no pica,
la hace mucho más rica.

Se come con patatitas,
crujientes, pues están fritas.

Y te las puedes comer
sin más tiempo que perder.

Tu prima y hasta tu hermano
se la comen con la mano.

Al morderla, ten cuidado,
o terminarás manchado.

Si te sientas a la mesa,
cómete una hamburguesa

Es bebida natural
y a nadie le sienta mal.

Y si la tomas fresquita
seguro que tu sed quita.

Hay algo que es evidente,
siempre siempre es transparente.

La del mar está salada,
la dulce no sabe a nada.

Sirve para muchas cosas,
una de ellas: regar rosas.

También pasarás un rato
fregando unos cuantos platos.

Sin querer la vas a ver
cuando se ponga a llover.

No te lo creerás,
pero incluso la hay con gas.

Y puede ser mineral
o venir de un manantial.

Si la congelas es hielo,
y en verano es un consuelo.

Seguro que ya lo sabes,
sale cuando el grifo abres.

En la piscina o el mar
te vas a poder bañar.

Otro dato que es muy cierto:
hay muy poca en el desierto.

Siempre está sobre el paraguas.
¿Lo sabes? Esto es el agua

Aquí acaba este libro

escrito, ilustrado, diseñado, editado, impreso

por personas que aman los libros.

Aquí acaba este libro que tú has leído,

el libro que ya eres.